빛

칼

김철훈 지음

제7부 명상　　　113

서언

저만치 물 건너 건물 숲이 보인다.

건물 숲속을 뛰는 사람이 있다.

나는 소나무 숲길에 서서

나뭇가지 사이로 그를 본다.

그는 빌딩 숲에 있어

그는 나를 볼 수 없으나

그대들은 이 시집을 통해

그를 보고 나를 보고

그대 또한 보리라 믿습니다.

2023. 01. 02.
C HOON KIM

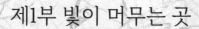

제1부 빛이 머무는 곳

빛이 세상에 머물며 색칠하고
새는 그 속에서
나르며 노래한다.

빛 칼

햇살 칼날 번뜩이며
흰 산을 넘어온다.

어둠 속 활개 치던 악령들
서슬 퍼런 칼날에
땅속으로 숨어든다.

햇살 검기 나뭇잎 들추고
숲 풀 더미 헤집는다.

한밤의 어둠 조각 거두고
겨울의 얼음 파편 녹인다.

어리석은 냉기 거두어
지혜의 온기로
생명을 낳는다.

날카로이 찌르는 칼날 피해
깊은 동굴 속으로

어둠은 무지(無知)를 데리고
날개 접어 숨긴다.

해는 더 높이 올라
시야 넓히고 어둠은 눈 감고
숨죽여 밤을 기다린다.

지는 해는 붙들 수 없으나
한번 얻은 슬기는
어둠이 두렵지 않다.

빛 칼은 겨울의
어둠을 자르니
그 온기 가득한 밝음 속에

살아난 생명은
해방되어 자유롭다.

가벼운 마음

마음은 먼지보다 가벼워
한 숨결에 천리만리 달아나네

마음은 비 오는 날
그림자보다 어두워
현미경, 천리경으로 볼 수 없네

흩어지기 쉽고
모으기 어려워도
진심과 사랑으로 모으면

강철보다 강하고
가죽보다 질기어

한강 물줄기도 바꾸고
태백산맥도 옮기리.

길

가오 가오 다른 길로 가오
태양을 등진 까마귀
이정표에 앉아 가오 가오 짖으며
가고 싶지 않은 길로 가라 한다.

화려하지 않은 수수한 길
부유하지 않은 가난한 길
배부르지 않은 굶주린 길
고독히 홀로 가는 쓸쓸한 길

허물 벗어 가는 고통의 길
안개 헤쳐 가는 두려운 길
등불 들고 가는 어두운 길

조상의 발자취와 달리 가는 길
말씀의 이정표 따라가는 길
명상하여 깨달아 가는 길

시 쓰고 노래하며 길을 간다.

겨울나기

부엌 창 넘어 뒤 뜨락
사과나무 지난가을
가지가 찢기도록

못난 사과 주렁주렁
많이도 생산하더니

햇살 밝은 아침
흰 눈 덮고 늦잠을 잔다.

커피 한 잔 달콤한 팥빵 놓고
노부부 앉아 세상 이치 따져 본다.

쓴맛은 달콤함과 한 짝이며
짠맛은 식재료 고유의 맛 돋우고
신맛은 새콤한 청량감 준다고

맛의 특성 알고
조화시킴이 요리라며
집사람이 맛의 특성 설파한다.

배고픔은 소금 뿌린 식은 밥에도
맛있어 감사하고

세상살이 고달픔은
단칸방에도 편안해
위로받는다고 내가 대거리한다.

사과나무 기지개에
나뭇가지 위에 앉으려던 까마귀가
후드득! 화들짝 놀라 날아가고

햇살에 반짝이며
눈가루 날리며
겨울이 깊어져 간다.

네가 나다

하나가 만 가지로
나누어져야 보인다.
하나로 모일 때 보이지 않는다.

공간을 가르는 빛은
보이지 않으나
일곱 색 무지개로 펼쳐져야 보인다.

나무는 봄빛 먹고 꽃 피어
여름빛 먹고 자라나
가을빛에 씨 맺고 낙엽 되어 태워져

겨울빛으로 보내니
나무는 빛이요 꽃은 무지개이다.

빛과 나무 그리고 무지개가 하나이듯

아픔, 슬픔, 미움, 사랑
나, 너에게서 나오고
모이면 너는 나이다.

빛의 향연

꽃 피고 새 노래하는 봄날
빛 속에 온 자연 만물이
빛 향연 펼친다.

우리는 자유 속에 그리하니
통제 억압, 획일화된
법 속에서 문화는 죽는다.

들꽃, 산새, 바람, 무지개, 해, 별
자연 모두는 자신들이 준비한
잔치에 초대된 귀빈이다.

자유로운 삶들이
찬란한 문화의 꽃피우니
정원에 봄날 햇살 가득하다.

빛이 머무는 곳

빨간 꽃은 빨간색 싫어
빨간 꽃이 되었다.

초목은 녹색으로 푸르나
녹색 빛을 싫어한다.

부서지는 파도는 희고
맑은 바다는 푸르며
깊은 바다는 빛을 먹어 검다.

가벼운 구름은 희고
무거운 구름은 검고
부서진 빗방울은 일곱 색이다.

빛이 세상에 머물며 색칠하고
새는 그 속에서
나르며 노래한다.

머물지 않고 지나는 빛은
색도, 새도 없으니
눈 감고 꿈꿀 때나 빛도, 색도 보인다.

산골짜기 작은 집

뒷산에 산새 왁자지껄
산 등 타고 넘어 새벽 오면
소 눈망울에 싱그런 들판 보인다.

중천에 해 뜨면 고요한 골짜기
뻐꾸기 소리 가득하다.

오두막집 굴뚝에 흰 연기 보일 때
해 기울어 노을이 진다.

산골짜기 작은 집에 촛불 켜지면
귀뚜라미 소리 들리고

아내의 검게 탄 주름진 얼굴이 보인다.
반쯤 눈 감으면 숨소리 들리고
내가 보인다.

온전히 눈 감으면
맑은 어둠 보이고 속삭임 들린다.
밤은 깊어져 가나 빛은 밝아져 간다.

새벽종

새벽종이여 울려라!
어둠의 침묵 깨우고
저 산 넘어오는 해를 맞이하자!

세상을 만들어 열고자
산마루 넘어오는
햇살을 보자.

어둠 속 숨죽이고
웅크린 생명들아!
무엇이 두려운지 둘러보자.

등불 밝혀 빛 얻으려 하니
작은 종아 깨어지도록
내 머리를 두드려라!

생기

반짝이는 아이 눈동자
봄날 싱싱한 연록 새싹
새 생명 기운차다.

어미 새
입 벌린 놈 먹이고
입 닫은 놈 굶긴다.

어려운 세상살이
살려는 몸부림에
생기가 넘친다.

생명을 잉태한 지구

허공 속 허공의 벽을 쌓아
끝 모를 맑고
깜깜한 우주 왕국

별들이 삼삼오오 모여
모닥불 피우고
이야기 짓고 노래한다.

영겁의 세월 수억 번의 창조,
진화 걸쳐 정결의 열매 맺히었다.

우주의 위대한 성좌 은하계
태양 가문 푸른 행성 지구에서
생명들을 얻으니.

은하의 끝자락
어미 지구에서 난 별들의 왕,
생명을 기다리며 별들이 반짝인다.

순응

변화의 파고에 역행하여
너라 말하는 나
나라 말하는 너
자연에서 어긋난 만큼 죄가 된다.

그 죄는 삶의 고통,
고달픔 죽음이 된다.

변화에 순응하는 자연은 무심하다.
너라 말하지 않으면 나
나라 말하지 않으면 너

자연을 안다는 자는 그 밖에 있고
자연을 모르는 자는 그 속에 있다.

천지가 한 몸, 한마음
변화하여 세상을 지어 간다.

씨앗 속 이야기

부엉이 전한 소식,
다람쥐 이야기와
두려움, 즐거움 담은 씨앗

쩌렁쩌렁 새소리에
놀라 흰 눈 덮고
안개 속에 숨죽여 겨울 지나

찬 서리 쟁기질과
따사로운 햇살로
대지를 일구니

씨앗은 숨 쉬며
기지개를 켜고
잠에서 깨어나서

사락사락 숨겨 놓은
지난 이야기하리라.

천둥소리

번쩍번쩍 우르르 꽈광!
동그란 놀란 눈으로
하늘 올려다본다.

소나기 장대 회초리 휘몰아치니
뻣뻣한 머리 절로 수그러든다.

번개, 천둥소리에 높게만 솟은
도시가 시무룩이 움츠러드니

하늘의 호통 소리에
한반도 사람들은
여리어지고 착해진다.

한해살이

정월 봄비 내려 사랑문 열고 들을 보니
이월 땅속 개구리 기지개 켠다.

삼월 퇴비 뿌리고 땅 갈아엎고
사월 하늘 맑아 밭이랑에 씨 뿌린다.

오월 논에 모심고 잡초 뽑고
유월 농약 뿌리고 친구들과 천렵한다.

칠월 장마 대비 끝내고 닭 잡아 보신한다.
팔월 햇볕에 벼는 익고 사과 붉어져 간다.

구월 오곡백과 추수하여 한가위 잔치하고
시월 서리 전 늦가을걷이 서두른다.

십일월 찬 바람에 사랑문 닫고 늦잠을 잔다.
십이월 눈 내린 긴 밤 화롯불에 생밤 구워

지난 한해살이 도란도란 아내와 속닥인다.

해 질 녘

새는 더운 바람에 휘청이고
해는 더운 물결 위에
붉게 일렁이다가

해 질 녘
새는 새끼 찾아 숲으로 갔다.
해는 노을 안고 산으로 갔다.

검은 장막 친 산속에
해가 잠들고 새끼 품은
어미 새 침묵 속에 잠든다.

반달 한쪽으로 한 잔 술 마시고
반달 한쪽이 물결에 춤춘다.

잠 못 드는 노인은
한 병의 고독을 들이켜고
한 잔의 넋두리를 뱉는다.

제2부 난초와 호박벌

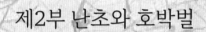

덥수룩한 내 임이여!
구름 너머 바람 타고
어서 오세요.
보랏빛 나의 품으로~

메리의 오솔길

이민을 와서 아내는 메리가 되었다.

치매 걸린 냄비 소방 벨 누르고
노인의 기침 소리 벽 너머 들리는
성냥갑 속 가난한 메리가 산다.

두더지 땅굴 나서듯
초원으로 나가자!

호수를 낀 둘레길을 걸어
꿩 소리 들리는
갈대 언덕에 오른다.

둘러쳐진 흰 산 하늘 맞닿고
갈대숲, 호수 내려다보이는
20미터 짧은 오솔길

체리 씨앗 섞인 곰 똥이 보인다.
곰도 이 길이 좋았나 보다.

뷰포인트 메모리얼 벤치에 앉아
도넛 곁들인 커피 한 잔 마시니
여기가 지상 낙원이다.

가지 끝에 독수리인 양
벌새 앉아 산야를 굽어본다.

곰도 벌새도 좋아하는 작은 오솔길
아내 이름으로 등기하였다.
메리의 오솔길.

나는 정원사가 되어
오솔길 가에 산딸기 담장 세우고
달맞이꽃 비릿한 향도 피운다.

철 따라 초록, 갈색, 흰색 옷 입히어
바람으로 갈대 춤추게 하며
메리 잠든 밤에도

검은 산 위로 초승달, 보름달 띄우리라!

메리와 내가 이 오솔길 걷는 날까지
이 길은 메리의 오솔길이다.

난초와 호박벌

난봉꾼님 맞으려
알라딘 궁 성내 초록 궁 탑 세워
호사스러운 밀실 꾸미고

임 오시는 길
비단 회장 치고 보라 양탄자 깔아
부채 든 시녀 둘 세웠다.

유혹적인 향수 뿌리고
달콤한 술 단지 상차림과
금가루 선물 준비하고

고운 노래 부른다.

덥수룩한 내 임이여!
구름 너머 바람 타고
어서 오세요.
보랏빛 나의 품으로~

고와져라 고와져

내 이십 대에는
몸매도 마음도 곱다고

당신은 나를 끔찍이 여겨
항시 같이 있으려 했지요.

내 오십 대 이후 몸도 말도
곱지 않다고 끔찍이 여기는 당신
항시 멀리 두려고 하지요.

얼굴에 주름만 늘고 숨만 쉬어도
나오는 뱃살 돈 세상 풍파 속에
곱던 마음 강퍅해졌네요.

세월에 육신이야 어찌하랴만
어찌하여 심보조차 고약하여졌는지.

내 미워 멀리하는 당신
하늘도 그리할까 두렵습니다.
고와져라 고와져라! 제발!

기러기가 그린 그림

V 자 그리며 나르는 기러기
도열한 미루나무 손짓하여
샤락 샤락 부르니

점보 비행기 착륙하듯
두 발 뻗고 날개 접어
푸른 초원 위 내려앉는다.

긴 목 꾸벅 꾸엑 꾸엥
왁자지껄 잔칫집 오는 손
가는 손에 갈대밭이 분주하다.

초대장 없어
멀찍이 서서 바라보는 그 풍경
아름다워 눈부시다.

저들은 알까? 공간을 채워
그려진 자신들이 그린 그림
풀때기 뜯기 여념에
알 리 없으리.

꽃의 노래

정원사 기획으로 무대는 꾸며지고
꽃이 전한 말로 시를 쓴다.

정원사가 미워하는 민들레야!
시냇가에 단장하는 수선화야!
돌 틈새에 끼어 있는 할미꽃아!

모두 여름이 초대하였고
산들바람 쓰다듬으니 춤추고
달콤하고 향긋한 향 피워라!

벌새, 나비, 꿀벌 구분 없이 다가가리라
정원이 아니더라도 보는 이 없더라도
그대들은 하늘이 쓴 시요.
땅의 노래가 아니던가.

낙산에 오른다

흥인지문 성곽 따라 오르니
정겨운 강아지풀 가득한
언덕길 시원하다.

남산타워 어둠에 묻히고
남대문 휘도는 자동차 행렬
전조등 상가 네온사인
형형색색 밝아 온다.

성곽 가로등 불 켜지고
목줄 없는 꼬질꼬질한
길 잃은 개 스쳐 지나

낙산에 올라 시원한
마중 바람에 땀 식힌다.

다알리아[1]

미라 옆에 놓인 마른 꽃
수천 년 모래바람에
먼지 된 후

남겨진 몇 알의 씨앗
생명을 간직하였네.

햇빛과 빗물로 때 되어
싹트고 꽃 피니
삼천 년 묵힌 그윽한 향기
태양을 닮은 다알리아여라.

회칠한 피라미드 속 마른
주검만이 잠들고 꽃만 남긴
미라의 꿈 모래바람에 흩어졌다.

---

1) 영국 고고학자가 미리 옆에 놓인 부서진 꽃에서 떨어진 씨앗을 발견, 스웨덴
식물학자 다일이 싹을 틔워 재배한 후 꽃에 자신의 이름을 붙였다는 이야기를
듣고 쓴 시이다.

보잘것없던 씨앗 속 간직한 생명
때 되어 꽃피웠다.

무덤 속 위대한 왕이여!
너의 생명은 어느 곳에 간직하여
다시 날 때를 꿈꾸는가.

단풍나무

찬란한 세상 눈부셔
눈 가리고 고개 숙인 채
땅 비집고 나온 깍지 쓴 떡잎

대견하여 붉게 웃는 단풍나무
남 볼세라 긴 팔 벌려 가리고
무릎에 앉히어 어른다.

어린 생명 빗방울에 다칠까
꽃바람에 추울세라
마른 잎 떨구어 가리어 준다.

큰 나무 되어
씨앗 날개 달고 멀리 가거라!

온 산, 온 들 포도주보다
붉게 물들여라!

모기

어둑한 아침 산길
이른 잠 깨어 배회하는 노인

삐쩍 마른 뱃가죽, 부스스한 날개,
가시 주둥아리 졸린 듯
나르는 모기 한 마리

피 냄새 맡고 은밀히 접근해
둔한 노인의 목덜미를 깨문다.

쪼그라진 마른 배 채우려
히스타민 주사하고
쪽 빤 피 한 모금
배가 붉게 탱글탱글

아! 따가.
짝! 소리와 함께 붉은 피 한 점 남기고
박복한 모기 하늘로 갔다.

봄비 온 뒤 숲속을 걷다

봄비 내린 뒤 젖은 숲속
미끌미끌 낡은 신발
뒤뚱뒤뚱 소심한 발걸음

이끼가 낀 숲길
발바닥에 전하는
속삭임이 있다.

부드러운 온기 속
파릇파릇 새싹들

벌거벗은 나뭇가지마다
봉긋봉긋 꽃봉오리

붉은 수선화

폴섬 속 홀로 핀 수선화
가슴 저린 향 피우고
임 기다린다.

한여름 내내 한숨 쉬다
그리움 뿌리에 묻고
고개 숙여 시들어 갑니다.

나 간 뒤 늦게 와
눈물 흘릴 임아
봄날 다시 오세요.

붉은 치마 곱게 입고
따스한 햇살 비추는
이곳으로 다시 오리다.

수평선 너머로 해 질 녘

붉은 해 마주한 바닷가 찻집
찻잔의 따스함 느끼며
해지는 고군산도 바다를 바라본다.

바다는 바위를 때리어 희게 부서지고
해변을 부여잡은 붉은 두 손 끌며
샤아 샤아 울며 바다가 멀어진다.

칭얼거리며 흰 모래 백사장 위로
조가비, 조약돌 뱉어 놓고
조각배 따라 검은 섬 돌아 떠나간다.

석양이 바다의 등을 다독여도
떠나는 서러움에
금빛 물결 너울너울 흐느낀다.

돌아올 때
검은 구름으로 해 가리고
갯벌에 가리비 숨기어 놓고
조각배는 돌돔 떼로 에워싸리라.

은파 호수의 하루

희고 푸른 햇살 은빛 물결
따스한 해 떠오르니
물새 깨어나 날아오른다.

동녘 해 노송에 걸리고
기러기 떼 지어
호수 위 나른다.

넘어가는 둥근 해 검붉고
차갑고 어둑한 노을
가창오리 군무를 한다.

갈대는 서녘 해 가리어
날개 접은 오리
호수 위에 잠든다.

작은 새

날 위해 마련한 선물
난 널 믿어
미끼가 아니란 걸

어찌 아냐면 육감이
아니 영감이 그리 말해

숲과 하늘이
순수한 감수성을
가르쳐 주었지

넌 날 아끼어
찌르 찌르 지저귀어도 웃고
포로로 날라 와도 웃어

날 지켜 주는 네 맘
사랑임을 알기에
너의 내민 손 위에 앉는다.

청계천

떼 지어 꼬리 흔들며
큰 놈 앞세운 잉어 떼
냇물 오르내리며 노닌다.

더위에 지친 흰 백로 맑은 물에 발 담그고
목 빼어 물고기 노니는 꼴 보며 더위 식힌다.

지친 풀들 서로 기대어
냇가에 엉클어졌고
담벼락 매달려 오르는 담쟁이

빌딩 숲 사이로 청계천 흐르고
물길 따라 걸으니 마음이 맑아진다.

윗길은 차, 사람 뒤엉켜 분주하나
아랫길은 백로, 잉어, 물, 풀 한가하다.

서쪽 빌딩 사이로 붉은 해
청계천 모전교에 걸터앉고
물과 나는 냇물 따라 흐른다.

제3부 도다리의 꿈

납작 엎드린 도다리 다섯 마리
망울망울 두 눈 굴리며
시장 구경하고 있다.

바람

철새는 바람 타고
산 넘어갔다.

산봉우리에 걸터앉아
여름 구름 비가 되어
계곡 타고 흘러 바다로 갔다.

겨울 구름 칼바람에 찢겨
흰 눈송이 되어
산봉우리에 주저앉았다.

흰 눈 녹은 물 마시며
새싹 틔우고 나비 춤추니
꽃이 되고 꿀이 되었다.

무심한 바람 철새 따라
산 넘어 광야로 떠났다.

도다리의 꿈

납작 엎드린 도다리 다섯 마리
망울망울 두 눈 굴리며
시장 구경하고 있다.

수족관 밖 손짓하는 아이,
실랑이하는 사람들.

밝은 불 밝혀 온화하고
청결한 평안한 어항
도다리 오 남매 시장 구경한다.

바다로 다시 가는 날
노래미, 오징어, 꼴뚜기에
자랑할 이야기보따리 두둑하다.

수십 마리 도다리 뜰망 타고
고향 간 뒤 북적이던 수족관
오 남매만 남아 한적하다.

나른한 오후 잠들어
바닷속 고향의 친구
꿈을 꾼다.

퍽퍽 파드닥파드닥
시끄러운 소리에 눈 뜨니
붉은 피 회칼 접시 위 흰 살

쓰레기통 속 지느러미
팔딱이는 검붉은 심장.

경악의 도가니에 휩싸여
도다리의 꿈은 난자되고
슬픔과 절망의 밤 지새운다.

어항 속 두 눈 감고
아가미 닫은 네 남매의 주검이
아침 햇살에 하얗게 떠다니고 있다.

도다리 오 남매 생명
하늘로 보내고 살과 뼈만
탐욕에 남긴 채 세상 삶 끝냈다.

Deer Lake[2)]

땅이 두 손 모아
하늘을 닮은 호수를 낳았다.
바람이 호수를 쓰다듬는다.

호수는 낮에 해, 구름
밤엔 달, 별을 초대하였다.

물가에 풀, 꽃 둘러앉혀
무지개송어 춤추게 하고
흰 연꽃 띄어 환영 인사한다.

날아드는 새 보듬고
햇살로 거북이를 재우며
조각배 위 사랑의 속삭임 듣는다.

산들바람 살랑살랑 갈대의 노래
반짝이는 잔물결 너울너울 춤춘다.

---

2) 캐나다 버나비시 도심 속 호수

종이배 뒤뚱뒤뚱
손뼉 치며 응원하는
아이들 웃음소리.

호수는 여린 가족
피크닉 사진 찍어 주고

떠난 자의 벤치 내어 주며
타향살이 외로움 위로하는
나그네의 고향이 되었다.

바람이 토닥이며
달빛 별빛 아롱지어
호수가 잠이 든다.

오리가 날개깃에 머리 묻고 잠들 때
삐쩍 마른 코요테
갈대밭을 지나간다.

고양이 리키 1

날렵한 몸매로 다람쥐 쫓아
시다나무 꼭대기 겁 없이 올라
벌벌 떨며 내려오던 새끼 고양이.

무릎 위로 올라 눈동자 반짝이며
냥냥거리며 얘기하던
궁금증 많던 어린 야옹이.

홀로 산책길에 마주칠 때
리키야! 부르면
낯설 듯 무심히 쳐다보며
다가와 나란히 걷던 놈.

담장에 올라
하늘 위 나는 새 쳐다본 뒤

어디 간단 말없이
자신의 길 홀로 떠났다.

고양이 리키 2

눈보라 휘몰아치더니
태곳적 산야
길도 이정표도 없다.

신중한 걸음
자그만 발자국 찍으며

산새 앉은 나무 향하여
들 건너갔다.

산새는 날아가고
눈보라 거세나

고양이 리키
새소리 쫓아 산으로 갔다.

비무장 지대

평등의 꿈으로 시작된 싸움
두려움, 미움의 광란에
어미 가슴 찢고
아비 무덤 파헤쳐졌다.

싸움의 상처로 아파하며
증오를 철책에 가두고
분노의 수 계절을 보내니

분리된 DMZ 안 사슴
태어나 머쓱히 쳐다본다.

그 잘난 이념 희미하고
철없는 아이 가슴 상처만 남긴
무성한 잡초의 죄인 무덤

권력에 굶주린 야수를 낳아
혼 빠진 목숨으로 제 살 먹으며
굶주림의 반백 년을 보낸다.

빈 둥지

나무 꼭대기 바람에
위태로운 빈 새 둥지

지난 이른 봄 까마귀 두 놈
요란스럽게 떠들며 새끼 치던
시끄럽던 그 둥지.

잔가지 모아 둥지 틀고
어미 새 알 품고 먹이 나르고
무심히 지나는 산책객에 달려들며

새끼 지키려 한 그 둥지
떠난 뒤 하늘 저 멀리 날아가
뒤돌아보지 않고 저리 두었네.

아이들 집 떠나 정적만이
감도는 집엔 나 또한 홀로 앉아
지난날 끄적인다.

사랑 홍수

사랑, 사랑해 줘! 사랑 노래
홍수 물 넘쳐흘러
맨홀 뚫고 악취 풍긴다.

썩은 사랑 속 아이
친구 없이 홀로되어
가상 세계에 갇히어 운다.

충성스러운 연인 원한다면
반려견은 어떨까?
개똥은 네가 치워라!

사랑은 밭을 함께 가꾸어
서로의 빈 그릇 채워 주고
자유 의지 지켜 주는 것.

사랑의 길

수줍게 만나 맥주에
취하여 노래하고
파도 타며 소리 지르던 청춘

하늘의 별과 파도 소리에 묻혀
해변 위 두 벌거숭이
어둠 속에 뒹군다.

사랑으로 나온 아이 자라 떠난 뒤
가을날 숲길 손잡고
걷는 것이 사랑이리라.

종종거리며 뒤따라 걷던 임 보내고
혼자되어 먼 하늘 보며
내쉬는 한숨도 사랑이리라.

思惟하는 바둑이 1

난 바둑이라고 한다.

질투심 많고 날씬한 치와와
장난기 많고 용감한 잭 러셀
혼혈의 잭 치이다.

돌보는 이들이
바둑이라 불러
난 바둑이가 되었다.

엄마, 아빠, 형제 있으나
나 홀로 입양되어
이곳에 왔다.

나를 배려하려는지,
단속하려는지
끈 묶어 가자 하니 가기 싫다.

자기들은 나와 달리
식탁에서 음식 먹고
색색의 옷을 갈아입는다.

두 팔에 머리 묻고 엎드려
내 정체성과 살아야 하는 이유를
생각해 보자.

왜? 난 조그만 얼룩 털옷 입고
네발로 기어야 하는지
에이! 모르겠다. 멍멍멍

思惟하는 바둑이 2

햇살 가득한 뜨락 멍~상에 잠긴다.
그간 이 집에서 긴장하며
겪은 깨달음이 있다.

TV 중독 두목에게는 절대복종이 답이다.

투덜이 짜증쟁이
게임하는 두 녀석은
산책하고, 놀아 주는 동료다.

밥 주고 똥 처리 담당
친절한 명숙 씨는
고마우나 부족의 말석이다.

노상에서 오줌 싸는 털가죽이
네발로 발발 기고,
코 박고 킁킁이며

냄새와 소리로
세상을 알아 간다.

가족인 듯 가족 아닌 난 누구?

작은 털가죽 바둑이라도
세상에 오지 않았다면

바람 소리, 벚꽃 향기,
두더지가 헤집은 땅 냄새
부족들과 나누는 미운 정은 어찌 알까?

가슴이 벅차오른다.
산책 때 목줄이 풀리면
초원을 내달리자! 다람쥐를 쫓아

뜨는 해를 향해 짖고
뜨는 달을 보며 짖자

내가 세상으로 초대되었듯
내가 너를 초대한다고 짖자!

시를 쓴다

꿈속에 들려오는 말 있어
너에게 전하려 하나
정해진 말 없어 시를 쓴다.

난 고집 센 당나귀라
이리 해라, 저리 말라 하면
귀 닫고 배움 없는 시를 쓴다.

나무는 뿌리로 물 마시고
잎새로 빛 받아
열매로 시를 쓴다.

이리저리 소리 모아
어눌한 덜된 작사지만
노래하라 꾀꼬리 부엉이야!

호박벌, 귀뚜리 코러스 넣고
춤추어라 나비, 바람아!
보아라 구름, 해, 달, 별들아!

왼손 오른손

난 오른손잡이
일은 오른손으로
왼손은 거든다.

오른손 아프면 왼손이 위로하고
왼손 더러우면 오른손이 닦아 준다.

한 손만 일하는 몸은 불편하니
두 손 건강할 때 온몸은 온전하다.

다르다 서로 비난하고 때리면
손 아프고 몸 아프다.

남녀가 그렇고
보수, 진보가 그렇다.
밉다고 자기 몸 아프게 할까.

잔디 위에 누워

땅만을 보고 걷다
잔디밭에 누우니

하늘이 날 보고
미루나무가 내려다본다.

나무는 크고 하늘은 푸르고 깊으니
위아래가 어딘지 혼란스럽다.

깊고 깊은 하늘 아래
구름은 떠 가고
새는 바람 타고 헤엄친다.

대지를 붙여 잡고
나무는 가지 뻗어
바람에 잎새를 씻는다.

흰 구름 전하는 이야기로
천장에 붙은 거미 되어
위태로운 처지도 잊는다.

제4부 변심한 가을

빈 고향 집 바당엔
잡초만 무성하고
누렁이와 닭들은 어디 갔을까?

녹슨 철문이 삐걱삐걱 울고 있겠다.

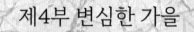

남산에 오른다

충무로에서 버스 타고
남산에 오른다.

이어폰 귀에 꽂고 창가에 앉아
첼로 연주곡으로 채색하여
거리 풍경을 본다.

장마 구름이 도시를 누르고
장중한 첼로 선율 타고
조용히 남산 길 오른다.

비틀거리는 자전거를 지나
피뢰침 꽂은 전망대 있는
남산 정상에서

인왕산, 북한산, 청와대가 보이고
100년을 살자는 사람들
집들이 빼곡히 보인다.

후덥지근한 습기 땀 되어
목덜미 타고 흐르니

막걸리 한 잔 빈대떡 그리워
남대문 시장으로
급히 내려가야겠다.

길 잃은 고양이

문 닫은 지쳐 버린 가게들
눈꺼풀 무거워
새벽잠에 빠져 있다.

익숙한 듯 낯선 동네
배회하는 고양이 되어 본다.

고국 김밥 맛 기대하며
24시간 김밥집 졸린 김밥 3줄
검정 비닐에 담아

잠든 집사람 깨워
감자 한 알, 흰꽃버섯
된장국 끓여 아침 먹는다.

꿰맨 양말

겨울 웃풍에 30촉 백열전등 그네 타고
아이들 잠자니 어미 그림자 춤춘다.

우물 길어 밥 짓던 곱은 손
전등알 받친 구멍 난 양말
머릿기름 바르며 바느질한다.

아비 양말 뒤꿈치는
천 덧대고 한 올 한 올

막내 양말 발가락
면실로 얼키설키

양말도 일회용
어미 아비도 일회용

알뜰살뜰 사랑은 어디 가고
쓰레기만 쌓인다.

동백꽃

봄추위에 핀 창백한 흰 매화
꽃 진 뒤 나뭇가지에
휘파람새 날아와 누굴 부르나.

봄기운으로 핀 노랑 개나리
나물 캐는 아가씨 한 다발 꺾어 들고
아지랑이 둑길을 노래하며 걷네.

여름 햇살로 핀 빨강 장미꽃
가시넝쿨 붉은 향기에 취한 연인
찜통더위에도 포개 앉았네.

선선한 바람에 핀 코스모스
밤엔 별 세며 낮엔 시 쓰다
갈대 꺾는 날 보며 수줍어 고개 돌린다.

살에는 한겨울 핀 붉은 동백꽃
누굴 애타게 그리워 철 잊었나?
동짓날 추위 안타까워 흰 눈 덮어 주었다.

무지개 1

색동저고리 입고
하늘에서 내려와
두 팔 벌려 곱게 춤춘다.

일곱 남매
각기 다른 빛깔로 색옷 입혀
흰빛 아비는 세상에 내보내었다.

흰빛은 물이 되고 구름이 되고
무지개 되어 세상을 펼치었으니
내가 되고 꿈이 되었다.

변심한 가을

동태전 부치던 고소한 대청마루
웃음으로 빚는 송편과 도마 소리

몰려다니던 누렁이, 수탉과 그 무리
나그네 위로하던 가을이 그립다.

빈 고향 집 마당엔
잡초만 무성하고
누렁이와 닭들은 어디 갔을까?

녹슨 철문이 삐걱삐걱 울고 있겠다.

희어진 머리, 구부정한 몸뚱이
김빠지어 시들어진
이국 낭만살이

돌아갈 고향 정 둘 곳 없으니
쑥, 냉이 자란 들 있는
햇살 따스한 바닷가나 가자.

소년이 된 노인

아이들 깔깔대는 소음 속
아이스크림 든 노인
놀이동산에서 소년이 되었다.

유리 벽 길 넘어
재잘거림과 웃음소리에
아련한 추억 소리가 있다.

화양리 느티나무 동산
일곱 고목은 바람과
옛이야기 모아 왔다.

가난한 이 소원 듣고
얻은 빵과 과일 내어 주던
큰 나무는 동네 수호신이었다.

보름달 아래 큰불 피우고
불 깡통 돌리던 철부지들은
검은 머리 희어졌으리라.

스산한 한가위

풍성한 먹거리 차려 놓고
밤새워 놀던 한가위

어머니 가신 뒤
스산한 바람만 가득하다.

산 위에 걸린 보름달
붉고 환하여도

눈물로 일그러져
그리움만 가득하다.

생밤 깎고 지방 접어
양친 신위 모셨으니

구름 띄워 바람 타고
이곳으로 오세요!

오패산

접니다. 큰아들!
마스크 쓴 내 모습 낯선 듯
주름진 눈꺼풀 빼꼼히 열고
어머니 힐끔 보다 외면하신다.

힘겹게 얻은 면회 30분
내 이름만 무수히 외침에
엷은 미소는 무엇을 뜻하는지

아들인 걸 아셨을까?
내 너무 늦게 왔는가?
비닐장갑 벗고 승강기에 올라
90년 전 저만치 계신 어머니

아리랑 고개 넘기 전 불러 세워
작별 인사라도 할 수 있으려나
이국땅 멀리 있어 배웅 못 할 듯하여

오패산 오솔길에 멈춰
서서 땀과 눈물 훔친다.

이민

전쟁터에 나왔다.
식솔 거느리고
방패도 없이 무기도 없이

이 눈치 보고 저 눈치 보며
대견하게도
아이들은 커 간다.

나그네 고향은
보름달에 있다.
수평선 넘으려는 배에 있다.

바다 넘어 조국 땅
갈매기 되어 바람 타고 가야지.
누가 남아 날 알아볼까?

주인 떠난 자리

주인 떠나고 남겨진
베란다의 화분, 바랜 옷가지, 솜이불
꼭두새벽 창하던 라디오, 붓, 그림.

그리고 육 남매,
열 손자, 다섯 증손에게 남겨 준 DNA
추억, 정, 그리움, 아쉬움.

전염병에 갇혀
남편의 부고도 모르는
알츠하이머 여인.

대출금 낀 낡은 아파트.

증여 처리 과정에 오해와
다툼 없이 분할되어
육 남매 우애 지켜지길.

천호에서 성수까지 강변을 걷다

어미 치마 붙잡고 올라
천호대교 옆 워커힐
잔가지, 낙엽 줍고

화양동 당산나무 고사떡 주워
먹던 검게 그을린 어린 시절

아카시아꽃으로 배 채워
옷소매에 코 닦고 코스모스
길 콧노래 부르며 자라나

우산 쓴 연어 되어 냄새 쫓아
물결 따라 흐른다.

그리 자랐기에 여기 이렇게 나 있다.
그리 자라나지 않았다면 나 누구일까?
빗물에 추억이 떠올라 강물 따라 걷는다.

코비드 잔혹사

어둠의 대륙에서 발현한
병마의 칼날에
전 지구촌이 두렵다.

어리석음. 먹고 커 가는
공포의 검은 그림자에
자유로운 삶이 죽었다.

제명 못 하고 사라져 간
수많은 생명

보름만 홀로 앉아 있어
지혜를 구했다면
구할 목숨이나

욕심에 마비되어
죽음의 골짜기로 들어간다.

제5부 피크닉

아비는 조언의 불씨

아는 터라 침묵으로 고기마나 굽는다.

피크닉

사춘기 병상에서 겨울 보내고
건강한 성인이 되어
돌아온 두 아들.

들뜬 어미는 어색함에
손사래 치는 사진을 찍고

아비는 조언의 불씨
아는 터라 침묵으로
고기만 굽는다.

이국 공원의 봄바람은 얄궂다.
차가운 피크닉 테이블 위 꽃바람

가스 불 꺼트릴 심사로
사방 틈새 염탐하며 파고든다.

모처럼 피운 피크닉 불
사랑도 뿌리도 구워 주자.
여러 잡초 덤불 속 산삼 되라고.

4004호

높은 층일수록
전망은 좋으나
푸른 숲과 멀어진다.

거리에서 멀어질수록
조용하나
이웃과 대화는 단절되어 간다.

구름에 가까워 날벌레 없어
쾌적한 고독에
인정도 말라 간다.

2011호는
20층만큼 땅에서
뜬 허공의 생활이다.

겨울비

검은 구름 장막 치고
하루 종일 비가 내린다.

검은 구름 가리고
해님 모르게 지붕, 마당에
실개천 넘치도록.

달님 모르게 바람에 찢긴 구름
눈 되어 내린다.
봄날 꿈꾸는 씨앗들 춥지 말라고.

파릇한 새싹 틔워
꽃 피우려 초조히 기다리는

따스한 햇살 가득하다.
검은 구름 너머 위에

Endless Episode 1

사랑하긴 해?
왜 그래?
말을 않잖아.
지켜보고 있잖아.

여기서 왜 이러고 있지?
글쎄
그냥 하고 있자!

갈까? 어디 가려는 거야?
글쎄 가 보자!

왜 다투고 있어?
음. 글쎄
내 말을 안 들어
그래

너는? 응. 글쎄
내 말을 안 들어
그래
똑같구나
서로 말이 같네
역할이 혼란스러워?
누가 갑이야?
누가 을이지?
결혼 전 계약서 없어?
그땐 어려서

야 이거 알아?
이제 알았어?
네 얘기야.
나만 몰랐었군.

맛있어? 으으음
왜 맛없어?
아 아니 맛있어.

졸고 있니?
기도하잖아.
뭘 위해?
돈이 필요해.

Endless Episode 2

산사 스님 책 보았어?
무소유.
책 써서 돈 많이 벌었겠다.

너도 그리해 봐라!
그분이 책 쓴 이유는
너에게 그리 살라고 말한 거야!
왜 내가?

바가지 물 비워지면
공기가 채워지듯
네 머리 물욕을 비우면
지혜가 채워지니까.

주식에 투자하여 돈 잃었어.
그렇군. 엄청 속상하지?
응
잃은 돈 집착하지 마!
주가는 어찌 못 하여 돈 잃었으나
네가 할 수 있는 집착 버려.
너 자신은 지킬 수 있잖아.

Endless Episode 3

일 끝나셨어요?
내일 또 해야 하는데요.

오늘 젊어 보이네요.
내일보다는 그렇죠!

내일이 뭘까?
지구 한 바퀴 돌 때지.
즐거이 일하시게!

짐수레 끌 때 어땠어?
죽을 맛이었었어.
보행기 끌 날 생각해 봐.

내 말을 무시하네.
왜 그런지 몰라?
내가 틀린 말 했나?

남 사는 것 신경 쓰다
내 사는 맛 못 느낀다.

롤러코스터

뜨거운 태양의 놀이공원
공포와 쇠바퀴의
함성에 바람이 불어온다.

지루한 설렘과 두려움의
기차 맨 뒷자리
신중한 아이가 된다.

철커덩 구름 위
심장이 걸터앉고
두려운 아이가 흥분한다.

반 눈 감고 입 벌려 아악 하며
아이스크림에 코를 박고
곤두박질로 땅이 일어난다.

왼쪽으로 오른쪽으로
오른쪽에서 왼쪽으로

솟아올라 이리저리
공포의 함성을 뿌린다.
뚝! 끝났다.

반 울음 반 웃음 표정으로
울렁이는 땅 위
두 발이 휘청인다.

설렘으로 준비도 없는 신중함
매 순간 공포의 함성으로 흩어지고
허망한 열차 놀이가 끝났다.

만족

배고픔을 면하여
족하면 평안 속
세상살이 순조롭다.

입 고픔. 채우고자
탐식하면 건강 잃어
병원살이 고달프다.

의식주만 해결하여
족하면 지혜의 풍요 속
삶이 실하다.

이웃보다 잘살자고
일만 하면 영혼이
빈곤하여 삶이 헛되다.

아이스께끼

태양은 이글이글
개미 떼 꼬물꼬물

나무 그늘 살랑살랑
매미가 자지러진다.

쨍쨍 맴맴 찌르르
아이스께끼~

언덕길 땀 뿌리고 올라와
붙잡는 느티나무 그늘
아이스께끼 통 위 까까머리

막대 빙과 차가운 단물에
더위 잊던 아이들
천년 지난 듯 오늘을 사니

고목은 빌딩 되고
까까머리 노랑머리 되었다.

아들에게 보내는 편지

집 떠나 홀로 사는 아들아!
네 한 몸 건사키 힘들지
생활이 힘들고 몸살에 아프면
신음 내어 말하거라

하늘아! 도와 달라고
아비 어미 곁을 떠났으니
내 너의 일상을 어찌 알겠느냐
항시 너를 지켜보는 하늘에 말하거라

오늘은 우리의 도움으로 세상에 온 날이구나
축하하고 힘내란 의미로
작으나마 격려금 봉투에 담았다.

네 삶에 관여치 말아야 하나
수척한 네 얼굴 보니
세상살이 중에 느낀 TIP 두 가지만 말하마
사실 인생 공부는 고달픔에 있다.
다툼과 갈등
이해와 화해 그리고 교감

배고픔과 추위, 일과 땀 그리고 감사
고독과 아픔 그리고 연민
이 모든 것은 하늘이 네게 주는 과제이며
지혜와 참사랑의 열매를 얻게 된다.

인생 과제 중 두 가지만 말하마
첫째 배우자를 만날 때
너를 사랑한다고 말하면 우선 믿지 말고
힘든 이웃을 연민하는 모습 본 후 그 말을 믿어라
그리고 수입과 지출 명세를 보거라
생활의 건전함을 알게 한다.

둘째 직장을 구해 일을 할 때
메모 수첩을 마련하여
업무 사항과 일의 요령
만난 사람과 용무 날짜 등 중요 사항을
기억이 희미하기 전 은밀하게
함축적으로 세세히 기록해 둬라
후에 조력자가 되어 너를 도우니
남들은 너를 능력자로 여기게 될 것이다.

연인

그대 오기 전
나만 있었다.

그대 온 후
사랑과 전쟁 속에
아무도 없었다.

그대 간 후
나는 없고
그대만 남았다.

그대 남고
내가 떠나면

나만 남고
그댄 없으리.

이웃사촌

산골짜기 옹기종기 너와집
동네 아낙들 수다로
지은 농사는 풍년

깜장 아이들 왁자지껄
다방구 놀이에 웃고
초상에 울던 이웃사촌

도시 속 시멘트 빌딩
층층이 겹쳐 살고
무관심한 냉랭한 회색 침묵

뚱땅뚱땅 춤 놀이 파티
희멀건 아이들 위층 소음
아래층 냄새로 이웃 원수

온화한 미소 띠고 "안녕하세요."
축복 인사로 웃음꽃 피고
다정한 형제 되려나?

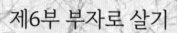

제6부 부자로 살기

욕심이 코끼리 덩치만 하면
한 가마니 밥 지어 먹어도
배고프고 병치레한다.

부자로 살기

욕심이 코끼리 덩치만 하면
한 가마니 밥 지어 먹어도
배고프고 병치레한다.

저택 지어 잘산다. 으스대어도
이웃 미움, 큰살림 유지에
뼛골 빠진다.

욕심에 배고파 밤낮없이 재물 모아도
참삶 누리기 어려워 생이 헛되다.

살던 집 헐어 오두막 짓고
텃밭 만들어 채소 키워
이웃과 나누니 풍요로운 삶이다.

작은 오두막 쌀 한 줌 식사
만족한 배부름에 노래하니
매일 욕심 찾아 버릴까 한다.

검은 나그네 1

거침없이 걷는 나그네
굴곡진 길, 곧은 길
가리지 않아

하늘에 닿을 수 없어
바닥에 납작 엎드려
누워 걷는다.

절벽 아래 계곡 지나
냇물에 머리 박고
건들건들 걷는다.

한낮에 지친 난쟁이
아장아장 굴러서 간다.

해 질 녘 긴 다리 거인 되어
성큼성큼 걸어 어둠에 묻힌다.

검은 나그네 2

바람에 흩어지지도
물에 녹지도 않고
거친 바다에서 파도를 탄다.

눈 덮인 들판에서
흰색 되고

푸른 초원에서
녹색 된다.

화창한 낮에는
그늘이 되고

칠흑의 밤에는
어둠에 묻힌다.

검은 나그네 여정
끝나는 날 빛이 되어
떠나 사라져 간다.

고목

희고 가냘픈 뿌리
대지의 가슴팍을
헤집어 수유 받고

하늘 향해 쭉 뻗친 잔가지
잎 촘촘히 달고
빛 기운 모아 나무는 자란다.

나무는 사계절 한해살이
굵은 기둥 속에
수십 번 삶을 새겨

거친 눈보라 폭풍우에도
들판에 굳건히 홀로 서 있다.

느티나무 흔들던 산들바람
속삭임 남기고
"당신은 산을 닮았군요."

낙엽 하나 데리고 들판 지나 산 넘어갔다.

내 나이 63세

날카로이 연필 깎고
백지에 일과표를 그린다.

빵 한 조각 커피 한 잔 마시고
굳은 허리 곧게 펴고
아침 산책을 하리라.

어질러진 책상 정리하고
다툼일랑 지워 버리자.
지난 일 아름답게 시 써 보리라.

35년 살았으나 희미한
젊은 날 아내 얼굴
그릴 수 없음이 어찌하랴.

분주했던 지난날 회상하며
삶의 경험 꾸러미 꾸려
편지를 써 보리라.

두 아들 막연한 세상살이 참고하길 바라는 맘으로….

나무

나무가 서 있다.
4방 8방 16방에서 달리 보인다.

나무가 서 있다.
24시간 4계절 24절기 달리 보인다.

나무가 서 있다.
잎 색깔, 꽃향기, 열매 있어 달리 보인다.

나무가 서 있다.
새, 바람, 빛, 어둠, 비, 눈, 해, 달, 그네가
함께하니 달리 보인다.

나무가 서 있다.
외롭고, 슬프고, 기쁘고,
두려우니 달리 보인다.

나무가 누웠다.
땔감으로 자재로
쓰려 하니 달리 보인다.

한 그루 나무조차 다 볼 수 없으니
감각의 인식으로
어찌 온 세상 볼 수 있을까?

나는 눈을 감는다.
나무 하나 서 있다.
나무가 무심히 나를 본다.

벌새

이끼 낀 푸른 능금나무
마른 가지 봄 햇살에
사과꽃 피어

흰 빛깔 그림자
온 뜨락 환하다.

벌새가 난다. 우웅 우웅
날갯짓 소리만으로 알 수 있다.
작지만 제트기처럼 빠르다.

사과 향에 취한
팅커벨처럼

풀덤불 속에서
색동 철갑 입고
날아온 요정

처마 끝 노란 꽃, 빨강
꿀통 꿀 향 내음에
쩌쩍 쩍쩍 지저귄다.

긴 빨대 물고
비단옷 입고 와서
친구들 오라고 삐익 삐익

마주친 동그란 검정 눈
놀라서 작은 날갯짓
뭉게구름 가르고

하늘 높이 솟아
태양 빛 속으로 숨는다.

찾으려
하늘 올려다보니
밝은 햇살, 흰 구름에 눈부셔

재채기로 더 높이
날려 보낸다.

인생 열차

줄줄이 와서
줄줄이 간다.

맨 앞은 누구이고
맨 뒤엔 누구인가?
나는 어디쯤 있나?

문화가 되고
역사가 된 지나간 흔적

생존 기억 담아
전쟁, 기근, 병마 속에서도
사랑 열차는 간다.

깜깜한 터널 지나
생을 나르는 열차

오늘은 어제를 매달고
오늘은 내일에 매달려
산모퉁이 돌아 들로 나간다.

장미 가시

훈훈한 봄날
물오른 장미에

새순이 날쯤
가시조차 연하여
찔려도 보드랍더니

화려한 꽃 피고 향기로
나비, 벌과 여름날
시들어지게 놀아난 뒤

가을바람에 꽃 지고
잎 떨군 뒤
줄기도, 가시도 억세어

누구도 가까이하지 않은 장미!
고독의 가시덤불에
너 스스로 가두었구나.

장미 향에 찔리다

유혹하여 붉은 피
흐르게 한 장미여!

차가운 여명의 공기 속에
숨긴 진보라 향기
날아와 심장 깊숙이 박힌다.

초점 잃은 눈빛으로
마성의 장미를 본다.

붉은 장미 다가와 촉촉한
입맞춤에 로맨스의 망령이
되살아나나 고통의 신음을 한다.

내년 다시 오는 날
모를까 싶어 꺾어 가고 싶다만
그것이 널 사랑함이 아니리니.

첫사랑과 밀회

해 질 녘 상큼함으로 다가와
말없이 팔짱 끼고
미소 지은 새빨간 입술

추억이 뾰족한 가시 되어
가슴을 찌르니
아픔으로 저며 온다.

붉은 장미여! 사랑아!
청춘의 싱싱함에 유혹되어
소년으로 환생되어 외친다.

첫사랑아! 청춘아!
현실에 눈을 감고
꽃잎에 입 맞춘다.

미풍에 살랑이는 머릿결,
장미 향에 취한 몽롱한 꿈속
갑시다란 외침에 놀라서 깬다.

해바라기

가지런한 이 보이며
담장에 기대선
미소 짓는 해바라기

구름 걷히니
활짝 웃는 해바라기
해님 닮았다.

가녀린 허리
임 주신 씨앗 가득 품고
꼿꼿한 곧은 자태

돌 틈에 까치발 딛고 서서
목 빼고 임만 바라보다
임의 미소에 고개 숙인다.

행상인 소을록

꼬드라진 콩깍지가 나을 듯한 몰골
연남동 사거리 모퉁이 마늘 좌판대
매연과 소음 속 하루가 지나간다.

배다른 씨종자로 차별 학대 못 이겨
어려서 가출하여 가난한 막일로
살가죽이 뼈가 되어 고희가 내일이다.

당뇨 치료 중인 아내, 자신도 위암이라
위로라도 할라치면 정색하며 말하길

"다채로운 인생 잔칫상
고마울 뿐이여 한 조각도
귀하디귀한 나의 삶 아닌감."

인생 여정 마지막 코스가
제공되었단다.

쓰디쓴 세상살이 안주 삼아 술 한 잔
삶의 만찬 배부름에 흥이 난다.

혼돈의 사랑

Love와 like를 혼용치 말자!
Like는 너를 소유코자 함이요.
Love는 너를 배려코자 함이다.

너 섹시하여 사랑한다는 말은
Like라 꽃 꺾어 향 취하고
시들면 내다 버린다.

너 삶 배려하여 사랑한다는 말은
Love라 꽃 생명 귀히 여겨
물 주어 살린다.

제7부 명상
(거지와 수행자)

거지는 욕심이 있으나 무능력하며

수행자는 능력이 되나 욕심이 없어

둘 다 무소유를 완성했네

거지와 수행자

거지는 환각을 좇고 수행자는 진리를 좇으며
거지는 쾌락을 얻고 수행자는 지혜를 얻는다.
거지는 환상을 보고 수행자는 인연을 본다.

거지는 쾌락 뒤 고통의 육신을 얻고
수행자는 고통 뒤 맑은 영혼을 얻는다.

거지는 육신이 자신이라
수행자는 생명이 자신이라 하네

거지는 배부름을 위해 음식을 구하고
수행자는 생명의 온전함을 위해 음식을 구하네

거지는 욕심은 있으나 무능력하며
수행자는 능력은 되나 욕심이 없어
둘 다 무소유를 완성했네

거지는 영혼이 나가 있고
수행자는 육신이 나가 있어
둘 다 세상 밖에 있다.

견월망지(見月亡指)

견월망지(見月亡指) 이 글을 인용하여
본질을 못 보는 사람의 어리석음 비판한다.
"달을 봤으면 손가락을 잊어라!"
보통 이리 해석하고 있으나 달은 본 사람이 손가락을
집착할 리 없다. 따라서 달을 보지 못하니 손가락만
고집하는 것이다.

"손가락을 보지 말고 손가락이 지시하는
달을 보아라!"라고 해석함이 옳지 않을까?

성인들은 진리를 설파하는 손가락이며
말씀은 진리로의 길로 가는 이정표이다.

매일 이리저리 해 달라 하며 말씀에 관심도 없이
손가락 우상을 세워 종교 놀이에 빠져 있다면

불견아진실(不見我眞實)
자신이 누구인지도 모르는 어리석은
사람이 된다.

교만

모든 것을 안다고 하는 자는 불행하다.
마음에 빈자리 없으니 어찌 채울까?
많이 배워 욕심 채우기 위한 도구인
세상 지식이 많다고 하여도
자신의 허물이 무엇인지 알고 싶지 않으면
아무리 윤택한 세상살이라도 헛된 삶일 뿐이다.

배운 지식으로 업을 삼는 교사, 변호사, 의사, 종교인
그리고 권력을 얻어 업을 삼는 정치인, 공무원들
재물 얻어 부자 된 기업인, 금융인 등은 세상 사람을 가르치니
아쉬울 것, 모르는 것 없다 착각하여 교만하기 쉬우니
재물, 권력, 지식 자랑하지 말라
그 자랑이 더욱 영적 고갈을 심화시킬 뿐이다.

지식이란 깨달은 자가 벗은 허물의 찌꺼기이니
그것을 모은 것이라 우리의 한 겁의 깨침일 뿐이다.
지식, 재물, 권력에 집착은 마음자리에 그런 귀신이
자리하여 내 삶을 조종하는 것이니 자랑할 일 아니다.

교만한 자는 고난 중에 세상을 살다가 시간이 흘러
세상의 변화 속에 사라져 갈 것이다.

깨달음

깨달음이 산속의 도인이나 얻는 것일까? NO!

자신의 허물을 인식하는 것
허물은 죄요, 그 죄는 무지함이네
어찌하면 죄를 인식할까?
어찌하면 허물을 벗어 버릴까?
이러한 의구심이 깨달음의 명상 과제이다.

명상을 통하여 무지함이 걷히고 허물의 죄를 벗는 것이
깨달음이며 지혜를 얻음이다.
아침 햇살에 한밤 어둠 속 가려진 실체가 드러나듯
허물이 드러나며 자연스럽게 알게 되니
무지함이 걷히어 가고 죄를 벗게 된다.

뱀이 수만 겹의 허물을 벗어나 용이 되어 승천하듯
진리로 나가려는 소망이 간절하면 간절할수록
우리를 가두고 있는 수만 겹 무지의 어둠이 빨리 걷히어 간다.

한 발 한 발 진리로 나감이라 한 번의 깨달음에 만족하여
멈춘다면 별 차이 없는 어둠 속에 갇힌 거와 같다.

명상

추석날 보름달
잔칫상 보려고

실눈뜬 초승달
뜬눈은 날보고
감은눈 하늘을

눈감은 그믐달
명상에 잠긴다

진리를 원하면
참삶이 보인다.

두 번째 생일

누구에게나 생일은 있다.
그러나 또 한 번 더 또 다른 생일이 있다는 것을
사람들은 모른 채 살다가 세상을 떠난다.

삶 중에 또 다른 생일을 맞이할 자는 같이 있으나 보이지 않는다.
그런 사람은 생명이요, 진리이기 때문이다.

그는 천국에 속하여 세상을 주관하며 새 세상을 열어
향유하는 자다.

죽는 날까지 신체가 자신인지만 알고 사는 사람은
늙음에 한숨짓고 죽음을 두려워한다.

진정한 자기 삶의 주인공이 생명인 줄 아는 날이
두 번째 생일이며 다시 태어난 자이다.

다시 태어난 자는 하늘과 세상일을 주관하니 모든 것에
자유하고 영원하다.
과거, 현, 미래에도 있어 세상을 지어 간다.

자유의 삶을 살 것인가?
구속된 삶을 살 것인가?
죽음을 맞이할 것인가?
영원한 생명을 얻을 것인가?
육신으로 살 것인가?
생명으로 살 것인가?

선택은 온전히 자신의 선택이요.
듣고 아는 것이 아니라 간절히 원하여 깨침이 빛처럼
밝아질 때 두 번째 태어남이 있게 된다.

바른 삶의 이해

세상은 끝없는 변화로 지어 나가는 것으로 세상에 속한
삶이란 변화를 겪는 것으로 변화 없이 살 수는 없다.

변화는 우리 자신들은 세상에 나온 이유이기도 하며
변화를 겪음은 삶의 묘미이다. 그러나 그 변화는
육신의 보존을 불확실하게 하여 불안과 불행을 야기한다.

육신의 보존이 행복의 유일한 길이란 착각으로
사람들은 육신과 관련된 일에만 몰두하여 돈만을 쫓고
감각의 유희에 빠져 담배, 술, 마약에 취하고
성적인 관능성으로만 미적 기준을 세워 욕정을 채우려 한다.

육신이 자신이라 생각하면 생로병사의 수백 가지 걱정뿐이며
갖가지 희로애락의 경험 후 허무한 죽음뿐이다.

육신을 주관하는 생명이 자신이라 알고 사는
사람에게는 인생길에서 겪는 역경조차 진기한 음식이요,
즐거운 향연이라 희로애락은 나를 단련하여 성숙해하는 양식이기도
하다.

그래서 세상의 삶이란?
무한한 기쁨이며 축복이다.

이런 사람의 죽음이란?
육신은 단지 생명이 머물던 옷과 같아 훌훌 벗어 던지고
잔치가 끝나 휘파람 불며 집으로 돌아가는 귀로(歸老)이다.

본질

새봄이 되어 나뭇가지마다 열 개의 새순이 돋고
초여름에 열 개의 새로운 가지가 돋았다.
지난해 가지는 줄기가 되었다.

새 가지에서 잎과 꽃이 피어 봄 풍경을 아름답고
향기롭게 하여 새가 향기에 취해 노래한다.

본디 나무 기둥은 새순에서 시작되었다.

벌은 이 꽃 저 꽃 모든 꽃을 탐하여 꽃에 대하여
박사이나 꽃과 잎이 어디에서 온 줄을 모른다.

꽃과 잎을 매달은 어린 가지, 어미 가지,
나무 기둥, 새순, 씨앗을 알면
세상이 어디에서 와 어디로 가는지 알게 되리니
육감을 닫고 영감으로 사유하면 본질이 보인다.

새 술은 새 부대에

아이가 교회에 다녀와서 새 술은 새 부대에 담으라는
말이 무슨 뜻이냐 물어 와 나름대로 명상 후 그 이해를
써 본다.

자유인의 변화한 가치관이, 문화가 새 술이요
그에 따른 법도 새로워야 함이 새 부대이다.

변화는 창조자의 의도이며 세상의 창조 원리이다.
변화가 없음은 죽은 세계이다.
변화는 개인 자유 의지로의 삶으로 이끌어져야 한다.

법은 자유인의 합의로 만들어져야 하며 개인 각자의
창조 활동을 최대한 보장되도록 법 또한 변화되어야
한다.

수많은 자유인을 구시대 율법으로 구속하려는 행위는
자연의 법칙에도, 창조자 의도에 반하는 것이다.
따라서 변화 없는 법을 고집하는 것은 창조 진행을 막는
죄가 된다.

소망

가난한 환경에 태어나 자랐기에
내 소망은 부자가 되는 것이었다.
평범한 두뇌를 가졌기에
내 소망은 우등생이 되는 것이었다.
베이비 붐 세대에 경쟁적으로 살아
내 소망은 나만의 행운이 주어지는 것이었다.

내 소망을 위해 온갖 노고와 귀동냥은
배경도, 재능도, 행운도 없어 허망한 좌절뿐이었다.
그래서 어두운 곳에서 절망으로 울었다.

"너의 소망이 잘못되었다."라고 속삭임 있어
그 속삭임을 듣고 있는 내가 진정한 나임을 알고 난 뒤,
내 소망은 답답한 어리석음을 깨치는 것이요.
내 소망은 한 발짝이라도 밝음으로 나가는 것이다.
내 소망은 몇 번을 고쳐 죽더라도 진리의 빛으로
멈춤 없이 나아감이다.
어떤 노력도 필요치 않아 단지 소망만으로
간절한 소망만으로 진정한 나를 찾았다.
그리고 모든 것에 자유함을 얻을 수 있었다.
간절한 소망만으로 온 세상이 나의 것이 되었다.

창조의 은유

아담은 생명, 이브는 육신
아담의 갈비는 영의 육화

선악과는 변화의 세상으로 나가는 문
천국은 무변화의 시공간이 없는 영의 세계

세상은 자연법칙에 따른 변화하는 육의 세계
아담이 살면 창조자의 삶
이브가 살면 피조물의 삶

아담은 변화를 진리로 나아가므로 겪어
영혼이 성숙하면 자연법칙에 순응하고
변화로 젊어지어 죽음으로 다시 태어난다.

이브는 변화를 육신의 감각으로 겪어
지식의 습득으로 자연법칙을 이용하고
변화로 늙어 가고 죽음으로 사라진다.

아름다워지기

얼굴이 예뻐지려면 거울을 보고 화장하고
몸매가 예뻐지려면 식사 조절과 운동하면
외모는 예뻐져 이성의 시선을 끌게 된다.

타인의 시선에 자신을 잃고
외모 꾸미기에 마음을 잃어
제철을 다 보내면 외모도 마음도 추해진다.

마음이 예뻐지려면
타인을 의식하지 않고 자신의 마음을 살펴보아서
소화되지 않은 응어리진 미움과 상처를 헤아린다.
그것들은 마음을 밉게 하는 독소이며 올바른 삶의
길의 장애가 되는 하나의 허물이다.

간절히 올바른 길을 강구할 때 자신의 허물이 벗겨지고
지혜로워 저 이해심이 넓어지며 삶 중 얻는 겪음의 소화
능력이 향상된다.
따라서 모든 것에 여유로워 순수한 마음으로
타인을 배려하며 미소 띠는 동안으로 말과 행실이 고우니
누구나 밉게 보지 않고 예쁘게 보리라.

원죄

어린아이도 원죄는 있대요. 3살 아기가 무슨 죄?
태초에 인간 아담 이브가 먹지 말란 선악과를 먹었대요.
그 죄과를 대물림받았다네요.

조선의 연좌제도 3대로 끝나는데 무슨 죄가 그리 길어?
죄를 지어 살기 힘들고 죽어서까지 지옥 간다고요?

그럼 억울하여 어찌하면 좋을까요?
시장통에 울리는 목소리가 들린다.
예수 천국 불신 지옥~~ 뭐라고요?
예수를 믿고 따르면 면죄라네요.
잘 살 수 있다가 천국 간대요.

맞는 말일까?
자 생각 좀 해 보고 정리해 보자!

완벽한 유일한 하나님은 광원의 빛, 진리로 비유되고
진리 향해 굳은 마음으로 가려는 것은 믿음으로 비유되며
원죄는 진리와 내 위치까지의 거리 즉, 차이
즉, 무지한 어리석음이 아닐까!

일탈

아담의
영안이 눈 감고 육안이 눈뜨니
보이는 건 벌거벗은 몸이라

이 길이라 말하여도 듣지 못하고
보이는 곳으로만 가려고 하니
집 찾아 어찌 돌아가려나?

들풀 하나에도 이름을 붙여
온갖 것 말속에 가두어
허상의 세상 놀이에 빠졌다.

풀이란 이름만 있고 풀이 없는
허상의 들판에서 살다가

먼지 되어
바람과 함께 사라지기 전
아담 찾아 집으로 돌아가려나.

자신의 등불

어둠 속 등불 없이
가는 길은
길이 아니라네.

다른 이의 등불에
기대어 가는 길은
내 집 가는 길 아니라네.

어둠의 무지함을 밝혀 길 중에 장애물인 허물을 벗어
옳은 길인 지혜를 얻어 자신의 집을 찾아가야 한다.

지혜를 구하려는 겸손한 마음은 자신의 등불이라
어두운 길 밝혀 가는 삶의 여정이 두렵지 않고 부족함
없으니 가는 길 복되고 무탈히 자신의 집을 찾아간다.

한 번의 불 밝힘으로 멀고 험한 길 전부를 볼 수 없으니
한번 얻은 깨달음이 전부인 줄 알고 교만하여진다면
어두운 허물의 죄의 길로 다시 간다.

진정한 자연인

젊음은 변화를 즐기고
늙음은 안정을 원한다.

청년은 새로운 세상을 열자 하고
노인은 경험한 과거를 고집한다.

젊음은 붉고, 푸르게 퍼져 나가고
노년은 노랗고, 하얗게 오므린다.

청년이 노랗게, 희게 하면 가라지 되고
노인이 붉고, 푸르게 하면 쭉정이 된다.

흰 눈에 촉촉해진 토양 위 열매 싹이 트고
나무 되어 다람쥐 내달리고
나무 꼭지 위 백로는 둥지를 튼다.

철에 살면 조화로워 아름답고
다른 철에 살려 하면 다투어 추하다.

철듦이 지혜로운 자연인의 삶이다.

허풍 허세

머리가 비고 마음이 비어
빈 곳으로부터 불어오는 바람 같아
과장되고 실체 없는 거짓된 말 또는 행동.

자기 몸에 실질적 삶의 주체인 생명, 영혼이 부재하여
세상 속 자신의 존재감을 세속적인 가치들
명예, 권력, 재물로 치장하여 드러내
타인의 칭송을 얻으려는 것.

그러나 허풍 허세를 반복하면 허물만 더 쌓이고
가슴이 헛헛하여져 마음의 병만 생기어 자신의
존재감을 느끼기 더 어렵게 된다.

존재감을 가지려면 삶의 주체가 생명임을 강하게
인식하고 그 주체를 위한 실질적 유익함이 무엇인지를
알아야 하며 말과 행동을 진실하게 하여야 한다.

행복과 불행

맛이 있는 음식을 배불리 먹으니 행복하오.
눈 오는 날 난롯가에서 따스한 차를 마시니 행복하오.
사랑하는 여인과 다정하니 행복하오.
큰 집, 많은 돈, 명품 옷을 지니고 있으니 행복하오.
아이가 좋은 직장, 배필을 얻어 행복하오.

수많은 행복감을 주는 것은 무수히 많습니다.
공통된 본질은 현재와 미래 생존의 안녕에 있겠죠.
생존의 위협 요인은 불행이고요.
행복을 구하거나 남이나 나의 불행을 이해하려 할 때는
무엇이 생존의 위해 요소가 있는지 살펴야 합니다.
위해 요소를 제거하고 생존을 위한 필요조건을
충족시켜야겠지요.

편중된 삶은 건강치 못하여 불행한 삶을 초래합니다.
집착적 탐욕은 불균형한 조건으로 자신을 이끌어
초대되어 세상에 나왔으나 세상이라는 잔칫상의
귀한 음식 맛도 보지 못하는 불행한 객이 됩니다.

빛 칼

1판 1쇄 발행 2023년 01월 10일

지은이 김철훈

교정 주현강 편집 이혜리
마케팅 박가영 총괄 신선미

펴낸곳 (주)하움출판사 펴낸이 문현광

이메일 haum1000@naver.com 홈페이지 haum.kr
블로그 blog.naver.com/haum1007 인스타 @haum1007

ISBN 979-11-6440-291-5(03800)